踊る蕊《しべ》たち

桂沢　仁志

パウル・ツェランに捧ぐ

※パウル・ツェラン（Ｐａｕｌ・Ｃｅｌａｎ　一九二〇～一九七〇）旧ルーマニア生まれのドイツ・ユダヤ系詩人。両親はルーマニアのナチス強制収容所に入れられ死亡。彼は同国の労働収容所に送られたが死は免れる。地元の大学で仏文学、仏のソルボンヌ大学で独文学を学ぶ。その後、ドイツ語で『罌粟と記憶』、『閾から閾へ』などの詩集を発表。特に、『罌粟と記憶』中の「死のフーガ」は収容所の現実が変奏され予言的響きで迫る傑作。一九六〇年ゲオルク・ビュヒナー賞受賞。戦後の世界詩壇の道標と嘱望されるも、一九七〇年重い精神の病のためパリのセーヌ川に身を投げた。

目次

踊る蕊たち

収容所のオーケストラ

音楽とは「音による芸術」だという
だが　この世では
ときに人を生かし
ときに人を死なす
オークの林にはヒタキが歌い
ポプラの葉には春の陽が零《こぼ》れ
優しい季節に明朗な楽曲が流れる
女たちばかりのオーケストラ

人々が働きに出かけるときは

門で元気よくマーチで送り出し
新しい人たちがやってくると
軽やかな明るい音楽で出迎え
人々の死には安らかな世界を
希求するモーツァルトの曲を
彼女らは朝に夕に演奏する
女たちばかりのオーケストラ

※
アルマは祈りのタクトを揮《ふる》い
ゾフィアは悲しみのバイオリンを奏で
ローラは苦しみのフルートを吹き
アニタは暗く死のチェロを響かせる

東欧の内陸性のその地は
雨は少なく寒暖は厳しいが
極めて美しい四季に富んでいる
ポプラとオークの樹木が茂り
色鮮やかなパンジーが庭を彩り
薄紫のクロッカスが原野を染め
木々の梢ではヒタキが尾を振り
コウライウグイスが囀《さえず》り交わす

春に夏に秋に冬に
彼女らは演奏する

収容所のオーケストラ
太陽や月や星に向かって
悲しみの大地　願いの空
黒ずんだ死の壁に
ガス室の重い扉に
黒い煙の上る煙突に

彼女らは今日も楽器を奏でる
もし曲が弾けなくなったら
そのときは死の闇に落とされる
ガス室の扉の向こうの世界へ

晴れの日も雪の日も奏でる
死から逃れるために奏でる
生きるために奏でる
祈るために奏でる
女たちばかりのオーケストラ
アコーディオン　ピアノ
ピッコロ　バイオリン
フルート　チェロ

アルマはタクトを
ゾフィアはバイオリンを
ローラはフルートを

アニタはチェロを

※アルマ・マリア・ロゼ（一九〇六〜一九四四）は西欧有数の女性バイオリニストでグスタフ・マーラーの母方の姪。両親がユダヤ系のため欧州演奏活動中、仏でゲシュタポに逮捕、アウシュヴィッツに移送。そこには女性だけのオーケストラがあり、彼女の音楽の才能は有名で、すぐ指揮者に指名される。団員は収容所から囚人が強制労働に出かける際は元気付けのマーチを、囚人がガス室に送られるときは死の恐怖を和らげる曲を演奏した。楽団員でいる限り生きていられたが、自責の念から退団を申し出ると「強制労働かガス室」が待っていた。看守らの意に沿う音楽を指揮、演奏し続けることで、アルマは楽団員の命を救ったともいえる。なお、詩中の他の人名も実名、楽器も担当パート。

真実により近いもの

遅れたり進んだりする時計よりも
止まったままの時計
一日に二度　正確な刻《とき》を告げる

裕福な淑女たちの慈善事業よりも
棄てられた野良猫たち
寒い夜　ホームレスの 懐《ふところ》 で共に暖まる

一夜にして富豪になった株成金よりも
汗まみれの建設工たち

架けられた橋が河の両岸を結び付ける

少年の頃　母屋の屋根の棟瓦《むながわら》に跨《またが》って
遠くに連なる山並みを眺めたものだ
後にそれがわずか数百米《メートル》の山地だと知った
だが自分の視野を遮る山々の向こうに
何故か真実があるだろうという気がした
その頃は真実に辿り着くためには
足下に深くて大きな暗黒の谷底が
口を空けている事に気付かなかった

教養があり貞淑《ていしゅく》な貴婦人よりも

貧しくて売られた娼婦《しょうふ》たち
マグダラのマリアのように悲嘆の涙は熱いだろう

一刀で身を両断する鋭利な名刀よりも
刃こぼれだらけの切れない刀
何度も肉を引き裂いてゆく愚直《ぐちょく》な残忍さ

死にゆくものに捧げる祈りよりも
ただ一掬《ひとすく》いの清らかな水
同じ神の名の下に繰り返される黒い殺戮《さつりく》

桜花幻影

桜の花が蕾《つぼ》むとき
温かい暗黒の子宮の海に光が点り
幾億年もの進化をたどり
小魚ほどの胎児たちが体を丸めて
そっと母の心音と呼吸に耳を澄ましている

桜の花が四分咲きのころ
海はるか褐色の荒野に飢餓が拡がり
痩せ細った黄疸《おうだん》の子供たちが
涸れ果てた大地の声を聴きながら

望みない灰色の目で宙を見つめている

桜の花が満開のとき
銀の鞍の白馬に乗った青年たちが庭を踏みつけ
驕慢《きょうまん》と虚飾の花陰《かいん》の中を
目や耳も癡《し》いたまま天や地や人もなく
花の香の空気を裂いて駆け抜けていく

桜の花が散ったとき
同じ日の下に生きた人たちの影はなく
夢は現実の中で朽ち現実は時間の中で幻と化し
散り敷いた薄紅《うすくれない》の花びらが色褪せながら

音もなく春の糠雨《ぬかあめ》に打たれている

『[※1]奇妙な果実（Ｓｔｒａｎｇｅ　Ｆｒｕｉｔ）』に寄せて

南の木々には奇妙な実がなる
葉には血　根にも血が滴《したた》り落ちる
南の柔らかな微風《そよかぜ》に揺れている黒い体
ポプラの木からぶら下がった奇妙な果実

青い空の下に見渡す限り綿畑が連なり
秋には雪原《せつげん》のような白い祈りに満ちるだろう
土に生きる人々の悲しみの声が沸き上がる
だが時の世は常に人々を魂を圧殺するものだ

麗《うるわ》しい南の田園風景
腫《は》れた目と歪んだ口
甘く新鮮なマグノリア※2の香り
そのとき不意に焼ける肉の臭い

首に食い込んだロープの輪の赤黒い跡
肉体の重み自身が罪であるかのように
夜の森で野犬たちが暗い空に吠える
朝の祈りは足先から滴る血を清めない

木蓮《もくれん》の木の枝先でツグミたちが鳴いている
自由と差別は糜爛《びらん》した果実の種子と果肉だ

かつて自由を掲《かか》げて闘った人たちは
我が家に帰ると何百人もの奴隷がいた

ここにカラスが啄《つい》ばむ実がある
雨が群がり　風が吸い付き
陽が腐らせ　木々が落とし
奇妙で無惨《むざん》な実がなっている

※1　一九三〇年八月　米国人ルイス・アレンにより作詞・作曲され、後にビリー・ホリディが『奇妙な果実（Strange Fruit）』として歌い大ヒットする。この曲は黒人への暴力や差別の撤廃運動や公民権運動の象徴となった。
※2　モクレン科の樹木。春か初夏にコブシ大の美しく芳香のある花を咲かせる。
＊本詩では、第一・三・六聯を原詩から著者による訳、第二・四・五聯を著者により連歌的に創作した。

生と死の闇

宇宙では百数十億年前のビッグバンの後で
暗黒物質から星や銀河が生まれたとされている
われわれの肉体が宇宙の中の地球で創られた以上
われわれの生と死も宇宙の産物といえるだろう

ある人の生は幸福に満ちていて
その人の死も平穏なものだった
ある人の生は苦難続きだったが
その人の死は安息に溢れていた
ある人の生は至福に富んでいたが

その人の死は悲惨なものだった
ある人の生は辛苦《しんく》の連続であり
その人の死も苛酷なものだった

ある人たちは自由と平等を叫びながら
家庭では奴隷たちにワインを作らせる
ある人たちは平和と安全を唱えながら
子供たちが静かに眠る民家を爆撃する
先立った生が尽きたとき
初めて死が始まるのか
それとも死は生に先立って
生を産み出すものなのか？

だがこの世では生と死は別物なのだ
生きている人の時間は慌しい日常の中で
絶えず動き続けてただ流れ去っていくが
死んでしまった人の時間は止まったままだ
思い出の中で浮かんでくることはあっても
この世にその姿を現わすことは決してない
だから死は時間の停止と断絶であり
永遠の不在であるともいえるだろう

死は生を産み
生は死を呼ぶ

地球の夜に風が吹き
億光年の大宇宙に
星々が誕生し死滅する
恐らくわれわれは
星の子として生まれ
星の子として死ぬのである

カルデラ湖にて

力を込めてオールを漕ぐと手首を支点に
尺取虫《しゃくとりむし》のように湖面を這っていく気がした
きみは艫《とも》に座って体を横に向けたまま
船縁《ふなべり》に身を乗り出して水中を覗き込んでいた
時おり澄んだ青緑色の湖に五月の風が吹き渡った
「なんだか怖いわ
水の深みに引き込まれそうで
この湖の中では全てが透けていくんだわ」

私たちのボートの向きが変わったのか

晴れた午後の陽が湖面に反射し銀箔のように
きらきらと輝ききみの横顔のシルエットを刻んだ
「この湖で自殺すると死体は上がらないそうね
まだ底に樹が残っていて枝に引っかかって
それに水温も低いので腐ったりもしないって……」
きみはそのとき真顔だったのか？
それとも悪戯《いたずら》っぽく微笑んでいたのだろうか？

「ぼちぼち戻ろう　岸からすっかり離れてしまった
日が暮れるまでには帰らないとまずいだろう？」
「かまわないわ　そんなの
それより私がここから落ちたら助けてくれる？」

「もちろんさ　でも助ける自信はないな
泳げるはずだけどこんなに澄んだ水の中では
何を拠《よ》り所にして体を動かせばいいんだ？
まるで透明な空気の中をもがくようで……」

どこか遠くから声がした
それは岸からの人声なのか鳥の鳴き声なのか
それとも水底《みなそこ》から聞こえてきたものなのか？
きみは湖面に両手を差し入れて水を一掬《ひとすく》いした
「すごく冷たいのね　今にも指先が切れそうだわ
死んだ人の頬もこんなに冷たいのかしら」
沖合の湖面を渡る五月の風はまだ肌寒く

戻ろうとして舳先《へさき》を転じてはるか望むと
きみの肩越しに揺れる岸は余りに遠過ぎる気がした

オークの古木を

町外れの林に昼下がりの陽が零《こぼ》れている
枝先の光る葉陰でコマドリたちがさえずり
小高い丘では歌ツグミか声高く歌っている
人々の静かな祈りと安息の思いが降り積もる

丘の上を中から窓が覆われた灰色のバスが行く
ドイツトウヒの並木をバスは重たげに上る
数時間後丘の上からバスは軽やかに走る
オークの古木を掠め灰色のバスが下る

金縁の片眼鏡《かためがね》を掛けたある高官は言った
「ギリシャ時代やローマ帝国にしても
いつの時代も常に強者が弱者を支配し
国家と社会に益のない者は排除されるのだ」

解剖用ゴム手袋をしたある医師が言った
「社会優生学的《ゆうせいがく》にも生物遺伝学的にも
無秩序な苗が間引《まび》かれねばならないように
劣性因子《れっせいいんし》は優性な生にその席を譲らねばならない」

丘の上の病院に付属して立てられた高い煙突から
夕暮れの茜色の空にどす黒い煙が昇っていた

「山積みにされた戦死者を焼くのと同じ臭いだ」
戦場から傷病帰還《しょうびょうきかん》した兵士が眉をひそめて言った

明日も満員のバスは丘を上り空《から》になって下るだろう
医者は言う「障害の生に苦しむより『救いの死』を」
オークの巨木の枝先でコマドリたちがさえずり
ドイツトウヒの葉陰で声高く歌ツグミが歌っている

※ナチスは強制収容所でユダヤ人等を「劣性人種」として絶滅していった。だが、その数年前から「T4作戦」により、「社会で役に立たず」「生きるに値しない命」と認定された障害者たちが全国の病院から灰色のバスに乗せられ、六ヶ所の処理施設に集められ「安楽死」の名で抹殺された。その数、約二十万人。この「T4作戦」のノウハウが後にアウシュヴィッツで応用された。

賢者と愚者

賢者は言った
「古《いにしえ》の聖人は人の本性は善だと言っていたのに
どうして何十年何百年何千年経っても昔のままに
人は憎しみ戦争をし殺し合っているのだろう?
一体人は何人死んだら戦いを止めるのだろう?」

愚者は答えた
「男たちが食べ物や女を巡って争うのが本性のように
この世では勝ち残ったものだけが生き長らえるのだ
もし戦争や殺戮《さつりく》が止むとしたなら互いに殺し合って

死者ばかりとなり生者《せいじゃ》が誰もいなくなったときだろう」

賢者は嘆いた
「神は真理であり　真理は神である
だが同じ一つの神の名の下で互いに争い憎しみ合う
真理は一つのはずなのに闘いの永遠の連鎖が続く
神は慈悲《じひ》の心と残忍な魂を持っているのか？」

愚者は嘲笑《あざわら》った
「人には誰しもいろいろな顔があるものだ
父の顔　男の顔　母の顔　女の顔　子の顔
神だって人や阿修羅《あしゅら》のように幾つもの顔を持つ

残忍な慈悲の心で人が自ら絶える日を見届けるのさ」

ある願い

ぼくは聴いてみたい
ベートーベンが最期の息を
引き取るときにその耳の奥底で
聴いたはずの喜びの歌を

ぼくは見てみたい
李白が水面に映る月影を
掬《すく》い取ろうとして船べりから
没してしまったというその月を

ぼくは聴いてみたい
ただ一つの卵から発生分化し
目ができ指ができ心臓ができ
初めて発する胎児の心音を

ぼくは聞いたことがある
ある盲目の少女が言った言葉を
「わたしは炎のように情熱的な
真っ赤な色に触れてみたい」と

ぼくは聴いてみたい
遠く見知らぬ戦地に送られ

無益な戦争で死んでいった兵士らが
最期に口ずさんだ故郷の歌を

ぼくは見てみたい
果てしない百億年の歳月と
億光年の宇宙空間の中に描かれた
星雲たちの変遷の絵巻を

ぼくには聴こえるだろうか?
栄養失調のために枯れ枝のように
痩せた子供たちが灰色の目で遠くを
見つめながら聴いた大地の声を

予知

波音を忍ばすように
夜の潮が引いていくにつれ
月のない静かな夜が
海にも浜辺にも満ちてきていた

小高い砂浜に半ば腰を埋めて
ぼくはずっと海を見ていた
やはりあなたはいなかった
どこからか浜木綿《はまゆう》の咲く
芳《かぐわ》しい匂いがしていた

星空の下ではるかな海は
大きな生き物の背のように
丸く黒々と息を潜めていた
じっと沖合いを見つめていた
またぼくはひとりだった

夜空には青や緑の星があり
黄色い星があり赤い星があった
星は色により寿命が決まっているという
ぼくの意識はばらばらになり
星々の間に吸い込まれていき
宇宙の闇の中をあてどなく

漂っているような気がした
それ程澄み渡った静かな夜だった
このように何時間も浜に座って
海や空や星々を眺めていても
もはやぼくはあなたをその気配さえ
感じ取ることはできなかった

遠くの防砂林の間を深夜の風が
吹き抜け波音がし始めていた
ぼくの網膜の暗い半球の底を
擦り傷のように銀青色《ぎんせいしょく》の残像を曳いて

流れ星が南の空を斜めに走り
空中か沖合いに尽きていった
ぼくは今こそあなたが本当に
この世を去っていくのを知った

隣家のトマト（8．6）

お父さんはあの日仕事先の街で
「ピカ」にあい傷だらけになって
町外れのこの家に這《は》うように辿り着いて
床に就くなりもう二度と起き上がれなかった

お母さんやお祖母ちゃんが必死に看病した
しかしお父さんは日に日に痩せこけていき
目は落ちくぼんで顔は土気色《つちけいろ》になり
日ごと髪が抜け落ちて枕が黒ずんで見えた

お父さんは床の中から手を宙に伸ばして
「ト、トマトが食べたい」と言っていた
隣家の庭に立派なトマトが実っていた
隣家の人たちは田舎に疎開して留守だった

ある日の午後　私がこっそりトマトを取りに
日差しが溢れる隣家の庭に入ろうとしたとき
「いけん。人さまのものを取っちゃあ……」
と床の中から父の嗄《しわが》れた声が聞こえてきた

たくさんの搾《しぼ》ったトマトを流し出すように
その翌日お父さんは手の中に血を吐いた

両手の真っ赤な血溜《ちだ》まりの中に顔を埋め
みんなの呼びかけにも応えず独り亡くなった

身内だけのお葬式が済んで暫くしてから
疎開していた隣家の人々が戻ってきた
すでに庭のトマトは熟れ落ち土の上で
秋の気配がする陽に茶色く干涸《ひか》らびていた

そんなに母を謳《うた》わないでください

母親の愛をそんなに称《たた》えないでください
母という言葉を気安く使わないでください
母こそは命の泉などと謳わないでください
死に際に人は母を叫ぶなどと言わないでください

おかあさん
お袋《ふくろ》さん
母親
母
なんと悲しく切ない響きがするだろう

母の愛は万物の生来的な属性《ぞくせい》
母は命を生み出す源泉
母の愛は海より深い
母なる大地
なんと大きな祈りが隠されているだろう

そして「母」という美名のもとで
何人もの人たちが傷ついたことだろう
「母」になろうとして子を虐待した母親
「母」になれずに子を殺してしまった母親

わが国では殺人事件の半数以上が家庭内で起き
嬰児《えいじ》殺しの九割が母親によるものであるという
かつて不遇な中で産まれた赤子《あかご》は産婆が内緒で
濡れ雑巾で鼻と口をふさいでしまったそうだ
わたしたちにはその是非を言う資格などはない
胎盤《たいばん》で繋《つな》がっていた生が遺棄されたのだから
不遇に産まれ不幸に育ち非業《ひごう》の死をとげるか
それとも始めから産まれなかったことにするか？

日本での妊娠中絶数は
年間約二十万二千件
中国では千三百万件

世界では約三千万件

一体この世の中で「健康人」や「健常者」は何人いるのか？
身も心も病んでしまった多くの人たちがいる
生涯発症率《しょうがいはっしょうりつ》
腎臓病十二．五パーセント　肝臓病二．六パーセント　糖尿病二．五パーセント……
パーソナリティ障害九．一パーセント　鬱《うつ》病六．五パーセント　統合失調症〇．七パーセント……

人はみな望まれて生まれたわけではなく
人はみな愛されて育ったわけでもない
望まれず生まれた人もいる
疎まれて育った人もいる

生き物は滋養《じょう》が与えられねば育たないように
愛も愛がなければ育つことはできないし
母も愛なくして「母」となることはない
本当は「母」も寂しく不安でただの人なのだ

始めはみな目の開かない赤ん坊だったのだから
訳もなく白い花を求める少女だったのだから
人知れず盲目的な恋に悩む娘だったのだから
胎児の微かで確かな鼓動に打ち震えたのだから

「母」になろうとして子を虐待した母親

「母」になれずに子を殺してしまった母親
嬰児殺しの九割が母親によるものであるという
「母」であることは茨《いばら》の原を歩くようなものなのか?

母親の愛をそんなに称えないでください
母という言葉を気安く使わないでください
母こそは命の泉などと謳わないでください
死に際に人は母を叫ぶなどと言わないでください

ただ一つの星の下に

ただ一つの星の下に
一ひらの花弁
あんなにも無造作に
樹々は伐り倒され
表土は削り取られ
文明の廃棄物が埋められていく

ただ一つの星の下に
少年の褐色の足
あんなにも無計画に

対人地雷《たいじんじらい》はばらまかれ
野茨《のいばら》の小道に潜み
閃光《せんこう》とともに彼の足首を吹き飛ばす

ただ一つの星の下に
一掬《ひとすく》いの水
あんなにも易々《やすやす》と
享楽の市場に生は溢れ
静脈の中で血は逆流し
罌粟《けし》の花咲く園の中で狂宴《きょうえん》を催すのだ

マッチ箱の人生

人生は幾本かのマッチ棒の詰まった
慎ましいマッチ箱に過ぎないのか？

アンデルセンの凍えて哀しい
マッチ売りの少女のように
きみは人生のある境遇に窮したとき
懐《ふところ》から一本のマッチ棒を取り出し
一擦《ひとす》りしては燃え上がる炎の中に
夢と希望と幻を見ようとするのだ
だが炎の熱と輝きははかなくも消え

燃え残って炭化し萎びたマッチの軸は
灰皿の隅に棄て去られてしまうものだ
恐らくそれがぼくたちの人生なのだ
そしていつの日か死んでいくときに
箱に残った最後の一本を擦るのだろう

ところできみのマッチ箱には
あと何本のマッチ棒が詰まっているんだい？

アオバズクの鳴く宵

青黒い陰影に沈んでゆく部屋
時代に急《せ》かされた人込みが渦巻く
モノクロームの時間の流れの中で
ふと傷跡に触れでもしたように
窓辺に飾られたまま放置され
葉の末枯れた一鉢《ひとはち》のゼラニウムが
造花のような紅い花弁をつけて
暗灰色の網膜を痛みの火で焼く

今日を語る日差しはとうになく

明日を見る瞳は白濁して久しい
生気のない手は盲目の人のように
夕闇が色濃く浸す部屋の壁を伝う
おまえは異郷に病んだ者のごとく
遠い霧笛の幻聴にふと息を潜める
ホッホーホッホー　黒い森の奥で
アオバズクがしきりに鳴く宵

光る叫び

夜更けの甘いワイン
赤く熟した血のワイン
虐殺と陵辱《りょうじょく》の占領地で
彼らは毎夜酒を飲み干す

邪欲《じゃよく》に爛《ただ》れた厚い唇
酒焼《さかや》けした赤黒い顔
生の影には死があり
死の影には生がある

戦場に真実があったことはない
人道的な死と残虐な生
無惨な死と断種された生
戦場で息ができる生などはない

占領地では日々人々が消えていく
青年たちは金のため兵隊に傭《やと》われ
少年は臓器を少女は体を売りにいく
深夜の野を光る叫びたちが駆け抜ける

あんな時代に

緑に薫《かお》るそよ風の中
雀の雛の声に囲まれ
屋根瓦に寝そべって
霞んだ山並みを眺める

柔らかな陽射しに
そっと手をかざせば
指と指の透き間から
五月の光が零れ落ちる

珊瑚色に染まった日
生気に満ちた社会と
色彩に溢れる未来と
誠実が根源であった世界

額に汗した分だけ報われる
澄んだ目を輝かせた人たちが
光の向こう側に見えていた
あんな時代に帰りたい

遠い窓辺

また一日が終わろうとし
黄昏の空に一つまた一つと
星たちが輝き始めるとき
あなたはじっと
あの庭に面した
部屋の窓辺に立っていたのですね？

悲しみの瞳には必ずしも
真理が宿るわけではなく
苦しみの土の上には

美しい花が咲くわけでもありません
また別の朝が明けようとし
暁の空に一つまた一つと
星たちが消え尽きていくとき
あなたはじっと
あの部屋に面した
庭の片隅に立っていたのですね？

森の奥で

静かな羊水の海の中で
脈動に打ち震えながら
透き通った胎児らの
柔らかい手の平のように
暁の空に満ちてくる
透明な光に向かって
遍《あまね》く差し伸べられた
深い森の樹々の若葉たち

またひとつの森の奥で

纏《もつ》れた異形の姿のまま
蒼白い燐光を放ち続ける
樹々の朽ち根のように
夕暮れの空に覆い被さる
底知れぬ闇に向かって
地中から差し出された
沈黙の虐殺屍体の手と手

赤い焦燥

夕暮れの野を暗い影が疾走する
徒労に終わった空しい一日を
路地裏のはき溜めに投げ捨て
街の欲得ずくの喧噪を逃れて

陽が沈む荒れ果てた地に駆けにきた
湿気を孕んだ大気を切る耳朶を
低い唸りの叫びが追い越していく
熱病に魘《うな》された幼い日の床《とこ》でのように

爛《ただ》れて歪んだ過ぎた日々の面影が
爪の生え伸びた薄汚れた手で
おまえを絞め殺しにやってくる
やつらが絞め殺しにやってくる

おまえの目の中に映った空は
無惨な爪跡を残して引き裂かれ
ただ暮れ残った一片の雲の端《は》が
赤々といまも燃え続けているのだ

秋色

すでに凋落《ちょうらく》の陽は傾き
遥か山並みの端に落ち
光の失せていく空を
鳥の群れが帰っていく
ひんやりとした風が
乾いた樹々の梢を渡り
内耳の渦巻き管を
虚ろな響きが木霊《こだま》する

小高い丘の上で

黄昏の中に独り
きみが自身の膝を抱き
虚ろな遠い目をして
濃藍色の影の中に
古い石のように蹲《うずくま》るとき
きみの思い出の黒い髪は
何のために
誰のために
語りかけているのか？

ただ一つの……

心からあなたがたに約そう、
もし一粒の麦　地に落ちて死ななければ
ただ一粒のままであろう、
だがもし死んで芽を出せば
多くの実を結ぶだろう
〔ヨハネによる福音書第十二章二十四節〕

一粒《ひとつぶ》の涙
その多くの滴《しずく》が重なれば
一筋《ひとすじ》の大河の流れとなるだろう
一哭《いっこく》の叫び

その多くの喉が重なれば
遥かな山をも鳴動《めいどう》させるだろう

一掬《ひとすく》いの悲しみ
その多くの　掌《てのひら》　の苦水《にがみず》を合わせれば
地球をも包む深い海となるだろう

だが乾涸《ひから》びた乳房に吸いつく
枯れ枝のように細い指をした赤子《あかご》たち
かれらは乳や息を吸うこともできず
涙も悲しみも体とともに涸れてしまうのか？

風の色

春の日
風はそよそよ吹いて
草木の若葉《わかば》の
緑になりました

夏の日
風はるるるり吹いて
海辺の空の
青になりました

秋の日
風はさわさわ吹いて
森の枯葉《かれは》の
黄《き》になりました

冬の日
風はひゅるひゅる吹いて
街角で舞う雪の
白になりました

乾いた風の中に

小高い丘の樹の根元に
じっと腰を下ろしたまま
あなたはひとり病んで
乾いた風の中に
冷たく青白い手を
そっと伸ばしてみる

あなたの細い指の間を
棄て葬り去られた
思いの残骸の叫びが

虚ろな響きを残し
切れ切れになって
宙に吹き散らされていく

丘の上を駆けていく
白い少女たちの歌声にも
あなたは耳を傾けることはない
赤々と血に染まった
斬首刑《ざんしゅけい》の太陽がふいに
夕雲の中へ姿を没するときに

暗青色《あんせいしょく》の眩暈《めまい》

岬の砂浜の小高い丘からは
大きな丸みを描く青い海原と
沖の上に浮かぶ白い雲が見えた
静かな波の音が懐かしく感じた

ぼくたちはかつて離れていた
時間と距離を取り戻すかのように
いつの間にかそっと肩を並べて
幾時間も砂の上に腰を下ろしていた

ゆるゆると陽は傾いていったが
まだ太陽の光と海の反射は
輝きを失ってはいなかった
時おり潮風が砂地の浜木綿《はまゆう》の
芳《かぐわ》しい香りを運んできたりした

ぼくたちはいつまでも
きみの家族や新しい職場
そしてすでに別れたはずの
きみの恋人のことについて話した

ぼくはきみの魂が寂しさで

震えているのが痛いほど分かっていた
だがぼくにはきみの寂しさを丸ごと
抱き留めるだけの力がなかった
ぼくは自分の魂の樹の幹が
真っ二つに裂けていくのを感じていた

陽はいつの間にか夕暮れへと傾き
光の反射と青い海は輝きを失っていた
きみは砂浜から立ち上がりながら
「やはり　もう一度あの人とやっていくわ……
でも……」
きみの声は潮風と海鳥《うみどり》の鳴き声に

ほとんどかき消されてしまった
ぼくはきみの後に続いて腰を上げたが
激しい胸の動悸と立ち眩《くら》みと
渦巻く暗青色の眩暈の中で
きみの姿を見ることができなかった

ハイエナどもは眠らない

ハイエナどもは眠らない
今宵も獲物を探してうろつき回る

荒地の民の住む国の血の夕焼けが
どす黒い空へと変わるころ
おもむろにやつらは動き始める

暗闇の中　暗視装置《あんしそうち》の照準を
人々の眠る家の戸口や窓に合わせ
機関銃の銃口で不審者を付け狙う

民家では崩れた壁のベッドの陰で
家族が身を寄せ合って眠っている
病院では負傷した老人や母親や
手足を失くした子供たちが
医師や看護師の不足の上に
消毒液や医薬品もないまま
望みのない暗い夜を送っている

涸れ切ったこの土地では
一滴の水が十滴の油に値し
十滴の油は百滴の血に値する

老人たちを撃ち殺せ
彼らは抵抗者への語り部《かたべ》となるだろう
母親たちを焼き殺せ
彼らはテロリストの赤子を生むだろう
子供たちを刺し殺せ
彼らは明日のテロリストとなるだろう

ハイエナどもは眠らない
血に飢えた獣のように
獲物たちの匂いに狂い
闇夜の中に出かけていくのだ

灰色の目をらんらんと輝かせ
足音をそっと忍ばせ……

一輪の薔薇を

死の静寂に一輪の白い薔薇を
愛する家族に温かく見守られ
満たされ静かに息を引き取る死
駆け巡る苦い思いの果てに
やっと辿り着いた安らぎの中での死
連日の休日出勤と深夜までの残業で
仕事に追い詰められた末の過労死
見に覚えのない負債を独り背負い
家族や親戚を守るための自殺死
誰からも気付かれず塵《ごみ》だらけの

古アパートの黴《かび》臭い一室の孤独死

生の胎動に一輪の赤い薔薇を
何億光年も彼方の暗黒の宇宙から
新しく星が誕生し輝きだすように
母なる人の子宮の羊水の中に
新しい一つの生命の灯が点る
やがて小さな体から頭部や四肢が
分化してしなやかに伸び成長し
天からの声のように心臓が鼓動し始め
全身の血管に新鮮な血液を巡らせる
始原の地球の海に似た羊水の中を

やんちゃな稚魚のように泳ぎ回る
母の心音と息遣いと優しい声を
胎内でじっと耳を澄まし息を凝らし
温かく穏やかな羊水の海の胎内で
指しゃぶりをして微睡《まどろ》んでいる
そしてとうとう母の力と一緒になって
捩《ねじ》れ押し出されて産道から生れ出て
赤紫色の小さい口で産声とともに
この世の空気を一杯胸に吸い込み
柔らかでちっちゃな手の中に
自分自身の運命を握り締める

生きるということは？
愛することだ　思いやることだ
助け合うことだ　共に喜び合うことだ
慈しむことだ　信じ合うことだ
感動に涙することだ　日々に感謝することだ
子供たちを育てることだ　人生から学ぶことだ
苦しみを共に乗り越えることだ　協力し合うことだ
悲しみを共に味わうことだ　不当と闘うことだ
生き残ることだ　身を守ることだ
争うことだ　人に情けを掛けないことだ
相手を蔑《さげす》むことだ　人を欺くことだ
勝ち残ることだ　容赦しないことだ

人を中傷しても上に立つことだ　錐《きり》で心を刺すことだ
リストラされない内に誰かを陥れることだ
常に強者の側にいることだ　殺《や》られる前に殺ることだ

この世で生きるということは
生と死の泥沼の中をもがき進むことなのか？
長い闇夜の後の赤紫色の夜明けのように
生と死の慟哭《どうこく》に一輪の血の薔薇を

人の望みの悲しみに

今日の日に願うことなどはない
望まれず世に生を受け
人を悲しませて生まれ
人を苦しませて育った

やはり俺は生まれるべきではなかったのか？
あの手術台の上で闇に葬られるはずだったのに

愛もなく世を彷徨い
志もなく街を経巡《へめぐ》る

暁の月に指針はなく
闇夜の道を独り歩く

傷付いた一人の女すら救うこともできず
道端の老婆に手を差し伸ばすこともせず
子供たちの大きな瞳さえ見ることもせず
真夜中の潮騒に絶望の暗い子守唄を聞く

死の沈黙には一片《ひとひら》の白い花びらを
生の胎動には百万本の赤い花束を

どの時代もいつの世も血と矛盾に満ちている

地球の進化の中では生き残ったもののみが生存できる
すでに絶滅した種たちが叫んだ声は聞こえない
誰かが世の理不尽を叫んだとしてもその声は届かない

ある国ではゲリラたちの首に高い懸賞金を掛けていた
夜に将校と兵士らがスラム街で若者たちを拘束し
朝に彼らの首をゲリラのだと偽って懸賞金を手に入れた
ある国では政府軍と反政府軍が互いに睨《にら》み合っていた
夜に国籍不明の無人飛行機が両軍の野営地を攻撃し
朝に両軍は戦闘となり武器輸出商社が大儲けをした

真実が深く人を傷付けるように

不条理が世を広く靡爛《びらん》している

やはり俺は生まれるべきではなかったのか？
あの手術台の上で闇に葬られるはずだったのに

明日の日に願うことなどはない
望まれず世に生を受け
人を悲しませて生まれ
人を苦しませて育ったのだから

奇妙な花

人はみな魂の奥底に
一叢《ひとむら》の奇妙な花を持つ

時に満ち朝露を宿し
喜びと哀しみの交差する岸辺で
なおも希望に茎を透かしながら
人知れず咲き誇る白い花

風に吹かれ雨に打たれ
雑踏の中で捩《ね》じ曲げられながらも

遥か楽園の光を追い求めて
身の丈を伸ばそうとする青い花

昼に急《せ》かれ夜に焦がれ
孤独な泥の闇の中で悶えつつ
不毛の愛を呪い不眠の暁《あかつき》に叫んで
狂気の果実を孕《はら》む赤い花

若くして萎え老いて至らず
夢はとうに破れ生活に倦《う》み疲れ
荒漠の日々に末枯《すが》れながらも
なお身を震わせている黄色い花

人はみな独り暗い洞《ほら》から生まれ
また独り暗黒の中へ還っていく

いつしか指の間から零《こぼ》れ落ちていく
かつて手の中に握り締めていたもの
魂の奥底に咲いていた奇妙な花
私たちが再び掴もうとしたときには

残像

疲れた日々の悲しみに
想いはまたも帰って行く
ひっそりと葉を落とした
夕暮れの丘の落葉松《からまつ》並木
一条に伸びていく細長い小道
また幾条にも天を突く褐色の幹

歩いても歩いても
辿り着くことのできない
光芒《こうぼう》の彼方の遠い日々

私らの道標は墓標ほどには
確かな方位を示さないのか?
この私らの空のもとには

沈黙が果実であった時代もあった
擾乱《じょうらん》が萌芽《ほうが》であった時代もあった
瞑想が愛であり憂鬱が華であり
悲憤が泉であった時代さえも

樹々の間に谺《こだま》する乾いた声
すでにあなたがたの影はなく
黄ばんだ雲の流れる丘を

幾筋もの残像が駆け巡っている

ユーカリの大地の上で

ユーカリの樹の生い茂る
静かな黒い大地を覆う
濃藍色《こあいいろ》の夜空の中で
それぞれの歳月の
各光年の星々が放つ
幾億個もの光の夜宴

銀河は産衣《うぶぎ》のように
優しく地球を包み込み
全天の宇宙からは

電磁の脈動を伝え続ける
乳白色の銀河の中で
南半球の大陸に光を点し
ひときわ輝く南十字星と
ケンタウルス座の星たち

宇宙からの聖なる放精《ほうせい》が
清明な大気を震わせ
永遠の時空の流れが
一刹那ごとに瑞々《みずみず》しい
生命の力を授けるように
山の奥の深い森の中では

ユーカリの樹々の周りで
アボリジニの精霊たちが
星々の銀の光の滴《しずく》を浴びて
黒い大地の上で踊りだす

ハマナス

はるか沖合いの北の海は
六月の光の中で暗緑色に揺れていた
「俺たちはいっそ滅びてしまえばいいんだ」
男はそう言い放つと女に背を向けたまま
一掴《ひとつか》みの砂を宙に投げつけた
灰色の浜を重力の乾いた雨が打った

人魚の塑像のように男の傍らに
じっと腰を下ろしていた女は
つと男の脇を擦り抜け

波打ち際へと下る砂浜を
素足で駆け降りていった
甘く饐《す》えた女の黒い髪が
潮の匂いとともに男の頬を打った
「わたしはやはりひとりで行くわ」

男がその後を追おうと
手を伸ばして振り返ると
女が走り去った砂浜の向こう側に
大群落のハマナスの花々が
初夏の午後の日差しを受けて
ただ薄紅《うすくれない》に燃えているのだった

花影《かえい》

今年も満開の夜桜が
霧雨に煙っています
薄紅《うすくれない》色の綾模様に
囁く雨の無音の調べ

脈拍を数えられながら
じっと手術台の上で見る
天井の円形照明灯のように
ぐるぐる回る白い光の輪の中で

ぼんやりと網膜を覆っています

人生は幻覚の花弁であり
移ろいゆく花影である

記憶の底に貼りついていた
遠い時代の風景や思い出たちが
ほのかに透けて見えてきます
しっとりと濡れた薄紙を
一枚一枚剥ぎ取るように
風景も顔たちもわたしたちも
あの桜の花びらのように

ひっそりと黒い地面に
剥がれ落ちていくのでしょうか?

ポプラ並木

疲れた日々の夕暮れに
縺《もつ》れた思念の糸を辿れば
目にはいつも六月の空高く
さやさやと青葉のさやぐ
ポプラ並木が見えてくる

ぼくらは広い学園農場の
ポプラ並木の静かな径《こみち》を
あてもなくぶらつきながら
黙って猫背の影を踏む

老哲学者の真似をして
互いに見ることもなく
大地の摂理や宇宙の果て
人々の心や国や社会の様相
また時代の希望と絶望を
灰色の目をして感じていた

リラの薫りを運ぶ風に
ポプラの白い綿毛は
雪の花びらかのように
舞い降り舞い上がり
瑠璃《るり》色の空に種蒔《たねま》かれ……

だが思い出は残酷で
陽の光は見てしまった！
きみの髪や肩や睫《まつげ》にも
音もなく降り積もった
ポプラの種子の綿毛が
真っ白い沈黙を裏切って
烈しく打ち顫《ふる》えているのを

生きていること

ずぶ濡れで冷たい身を
打ちつける暗い雨の重力
宙のなかの汚点《しみ》のように
ただ立っていること

文明という名の呪術《じゅじゅつ》のもとに
焼き尽くされた森林地帯
宙のなかの焦跡《こげあと》のように
ただ黙していること

疲ればかりで糜爛《びらん》した
中身の失せた空っぽの歳月
宙のなかの木偶《でく》のように
ただ生きていること

いじけてしまった悲しい魂の
ささくれたおまえの神経
宙のなかの腫瘍《しゅよう》のように
ただひとり涙すること

敗残《はいざん》の痛みばかりが疼《うず》く
遠い時代の不毛な思いの古傷

宙のなかの汚点のように
ただ貼り付いていること

初夏の風に

雲は流れ
陽は零《こぼ》れ
銀色の風の中で
日月の思いに微睡《まどろ》んでいる睡蓮《すいれん》

雲は覆い
陽は陰り
灰色の雨の中で
沈黙の萼《がく》を揺らしている紫陽花

雲は巡り
陽は満ち
黄金の光の中で
生の混沌《カオス》に燃え立つ真紅《しんく》のダリア

雲は昇り
陽は落ち
虚妄《きょもう》な時代の
盲目の手が地中深くをまさぐっている

そして私たちの
帰すべき地は

遠すぎた墓は
放射能の雨に黒々と濡れている

海を渡る蝶

半島の楢《なら》の茂みを抜け
岬の松林の梢を越え
潮風に揺らぎながら
海原《うなばら》を渡っていく蝶

ひとひらの落葉ほどの
はかなげな体に備わった
本能の時計と磁針を元に
海峡を渡っていく蝶

波間をよぎり島を越え
濃い紺碧《こんぺき》の秋空の中に
小さな命をはためかせ
ただひとすじの道を辿《たど》り

暗黒の陽炎

目蓋《まぶた》を閉じると
暗黒の陽炎が立ち現われ
微かな耳鳴りとともに
眼の底で揺れ動くのだという

大きな悲しみが人の心を縛り
身動きさえできないまま
まるで鬱病《うつびょう》患者がよく見るという
果てしのない夜の大海原のように

きみは病んだ心と体の患者のように
自身の影の中に入り込んだまま
窓の厚いカーテンを固く閉ざして
一歩も外に出ようとはしなかった

きみは午後の日差しも目の前の全てを
見ることができないほど独りだった
残暑の夏の終わりの日々が朽ちかけ
はや凋落《ちょうらく》の秋が忍び込もうとしていた

こころ

こころが欲しい
打てば玲瓏《れいろう》と響く
純なこころ
青竹が高く蒼天《そうてん》を突く
直きこころ

義を見れば行おうとする
強きこころ
掘り起こしたばかりで
大地の匂いのする芋の

生《き》のこころ

優しく人に涙する
誠実なこころ
人を疑うことがない瞳の
愛する者をじっと覗き込む
嬰児《みどりご》のこころ

許されればそんな
こころが欲しい

雨の日曜日

寒々とした雨の日曜日
望みもなく恋人の訪れを待つ
色褪せた侘《わび》しい女のように
部屋の窓は灰色に曇っている

おまえが窓をそっと開けると
川沿いの林が乳白色に煙って見える
意識の靄の中で疼《うず》く古傷《ふるきず》のように
水鳥の一群の影が飛び去っていく

おまえの静脈の中を駆け巡る暗い血
時代の潮流から遠く押し流され
決して浮かび上がることができない
蒼ざめた魂の水死体の発する叫び

薄暗い部屋のじめじめとした壁を
ずり落ちた思い出の痕跡《こんせき》を追って
そろそろと盲目の白い指が這《は》い伝う
灰色の冷たい雨の日曜日

あの時代

訳もなく沸き上がる想いのように
青い空に入道雲は聳えていた
裸足にゴム草履《ぞうり》をつっかけ
連日森の中を駆け回っていた

甲虫や蝉や蝶を追い求めて
木洩《こも》れ日の射す葉蔭《はかげ》の下
首の痛くなるほど振り仰ぐ
大木の幹の高みに向かった

継《つ》ぎはぎだらけの虫捕り網で
爪先一杯で背伸びする踵《かかと》の腱
ランニング姿の痩せた手足で
真っ黒に日に焼けた身を躍《おど》らせた

ずっと帰る所があると信じられた
あの夏の日の少年たちのように
実際に身長が高くなるよりも
ずっと背伸びしていた時代

高原の小道で

高原の白い小道に
秋の陽はさらさら零《こぼ》れ
路辺《ろへん》に群生するコスモスの
白や薄紅《うすくれない》の花弁はひらひらと
銀色の光の波に揺れている

遥かに連なる山並みは
四季の彩りの綾に煙り
紺青《こんじょう》の空には高く
幾筋もの巻雲《けんうん》が流れ

はかなくも潰《つい》えたものたちを
天上に透かし描いて
掃いていくのだろうか？

ただ一人のろのろと
小道を歩んでいく淡い影
人々の思い出からも
季節からもこんなにも遠く

春の雨

道端に棄てられた仔猫の額を濡らし
開いたばかりの飴色《あめいろ》の瞳を滲《にじ》ませ
低い鉛色の空から雨が降ってくる

上げられたことのないブラインド
きみは黴臭《かびくさ》く薄暗い部屋の片隅で
囚われ人としての生活を送っている

海辺の村の破れて干されたままの魚網《ぎょもう》を濡らし
廃坑の町の赤錆びたトロッコレールを湿らし

遠くの空から音もなく雨が降ってくる

上げられたことのないブラインド
ベッドの脇にうずたかく積まれた本の間で
きみは同じ日のカレンダーをめくり続ける

日々に疲れて道行く人の首筋を濡らし
路地裏の芥箱《ごみばこ》と若葉に煙る山野を潤し
小止《おや》みなく柔らかな雨が降っている

跳《は》ねる魚

夜の湖に跳ねる魚
星明かりの空を映した
濃紺の円盤形の湖面を
弓なりの一瞬の影となって

十一月の静寂の夜気に
生命の波紋を拡げながら
ばしばしっばしっと
跳ね飛び跳ねている

かつて魚類は水から上がり
陸に住み空を飛んだように
遠い宇宙からの時の流れを
滝を上る魚たちのように

太古よりの意志のままに
銀鱗《ぎんりん》の身の叫びとともに
鋭角の尾鰭を濃藍色《こあいいろ》の
天に突き立てながら

ある村の葬式

村道は不思議な明るさに満ちていた
季節には早い台風が未明に過ぎ去り
梅雨空の天幕を引き裂きでもしたように
からりと晴れ渡った夏至の空が目映《まばゆ》かった

村人たちは榊《さかき》を束ねた柱を幾つも立てた
木蔭にじっと蹲《うずくま》っている老婆たち
日に焼けた顔の麦藁帽の男たち
赤ん坊を負ぶった黒衣の女たちもいた

死者の慟哭《どうこく》に耳を傾け在りし日の姿を語り
肉体の脆さを嘆き魂の永遠性に頭《こうべ》を垂れ
生の場所からの一つの空白を埋めるために
村のあちらこちらから人々は集まって来た

紫陽花が咲き誇る故人の農家の庭先に
時折台風一過の爽やかな強い風が通った
豊かな菜園に沿って立ち並べられた
花輪の背後には紺碧の空が広がっていた

夕暮れの丘

夕暮れの丘は悲しい
眼下の町の家々の明かりが
灯籠流しの揺らぐ火影《ほかげ》のように
暗い日々の後を追って点りだすから

明け方の海は懐かしい
夜業を終えた漁船の一団が
母なる川に遡上《そじょう》する鮭のように
旗をなびかせ港へ帰ってくるから

夏の夜の浜辺は狂おしい
濃藍色の空を駆ける流星群が
幾筋もの輝く色彩の谺《こだま》のように
鎮魂の祈りを音もなく捧げるから

冬の午後の山々は優しい
雪に深く閉ざされた草や木が
寒さの中に蘇生《そせい》する魂のように
明るい日差しに芽を胎動させるから

後記

何十年か前、ある人の言葉が身を刺した。「歴史は何と長い時間、不条理に耐え続けているのだろう！」というものだった。しかし、何時頃からか、この言葉の中に一種の希望や祈りの響が入り込んでいることに気付いていた。「歴史は自ら不条理を正すようにできているのだろうか？」「歴史における自浄作用」……。

かつて、信じられた時代があった。「正」→「反」→「合」による「揚棄《アウフヘーベン》」。それは、「他者から苦しみを受けた者は、その苦しみゆえに嘆き悩み、より人間として成長し、自分や他者までも救済する……」というようなものだろう。だが現実は違った。アウシュヴィッツの囚人のほとんどは外に出られず、ガス室、焼却炉への道を辿ったし、原子爆弾が炸裂した地上では生きたまま人が焼かれ、体の遺伝子やＤＮＡは破壊され、「ヒト」として再生ができなくなった。このような状況に、「正」「反」「合」「揚棄」の概念は楽天的過ぎないか？　融けた時計、燃えるキリンなどダリの描いたシュールリアリズム（超現実）の世界は、「私たちの現実」に完全に「シュール（超えた）」されたものではないのか？　ならば、私たちはただ地道に、愚直に、この現実を歩いていく他はないだろう。

今回、アウシュヴィッツの「収容所のオーケストラ」、ナチスの断種法による障害者絶滅計画「T4作戦」の「オークの古木を」、米国南部の黒人差別の象徴でビリー・ホリディが歌った曲にちなんだ「『奇妙な果実』に寄せて」、原爆被害の少女の作文から想を得た「隣家のトマト（8．6）」などの詩を収録。私たちは少しも過去や現在に目を凝らさず、耳をそばだてず、手で掬《すく》おうともしていなかったのではないか？

それら声にならない声、表すことができない喜びや悲しみが、雌蕊《めしべ》を取り巻く雄蕊《おしべ》のように、真理の周りを回る真実の輪であって欲しいと願うのは、過分な妄想なのであろうか？

◆桂沢　仁志（かつらざわ　ひとし）
1951年、愛知県生れ。北海道大学理学部卒。
元高等学校教諭。愛知県豊橋市在住。
著書：「八月の空の下（Under the sky of August）」
対英訳詩集 2010年
「仮説『刃傷松の廊下事件』」歴史考察 2013年
「生と死の溶融《メルトダウン》」八行詩集 2014年
「光る種子たち」十六行詩集 2018年

踊る蕊《しべ》たち

2019年2月15日　初版第1刷発行

著　者　桂沢　仁志

発行所　ブイツーソリューション
〒466-0848 名古屋市昭和区長戸町4-40
電話 052-799-7391　Fax 052-799-7984

発売元　星雲社
〒112-0005 東京都文京区水道1-3-30
電話 03-3868-3275　Fax 03-3868-6588

印刷所　富士リプロ

ISBN 978-4-434-25676-9